女人啊，就是這麼回事

菜鳥上班族的第1堂課

森下惠美子

EMIKO'S SURVIVAL DAYS

目次

登場人物介紹

大而化之的個性
惠美子(20)
剛報到的菜鳥
O型
香菇頭髮型
背影
沒男友
制服穿11號
受歡迎的同期同事
祥子
小惠
可靠的同宿舍前輩
佐佐木小姐
安代小姐
心地大概都算善良……的兼差阿姨們

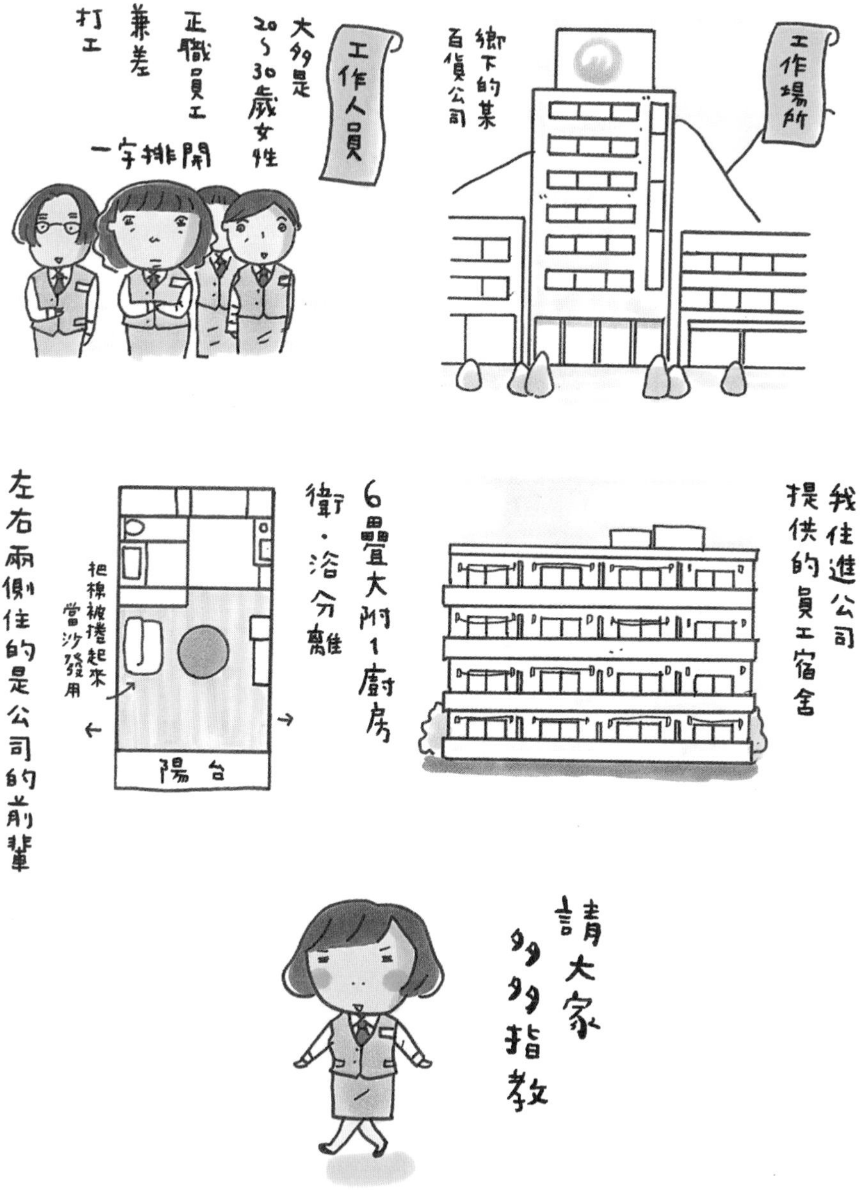
工作場所
鄉下的某
百貨公司
工作人員
大多是
20~30歲女性
正職員工
兼差
打工
一字排開
我住進公司
提供的員工宿舍
6疊大附1廚房
衛・浴分離
把棉被捲起來
當沙發用
陽台
左右兩側住的是公司的前輩
請大家
多多指教

菜鳥報到

一九九〇年代
正逢泡沫經濟
高峰期
就業冰河期
惠美子（20歲）
陷入了艱苦狀態
唉
我哪敢挑三揀四
反正坐著容易打瞌睡，站著工作反倒精神好呀！
只要能錄取，啥工作都好
嗯～
於是
我就去百貨公司上班了
錄取
卻不知道
可怕的事情
接下來才要開始
百貨公司是個…
擠——滿
幾乎全是女人的工作場所
嘩
嘰嘰
喳喳
嘩
嘰喳

真是…
壯觀啊…
朝會要開始了
嘰嘰
喳喳
我要跟這群人一起工作呀~
惠美子幻想的辦公室戀情
帥氣上司總是罩著我
愛捉弄人卻心地善良的同事
（被偶像劇洗腦）
與現實完全不同
新人研習會時
百貨公司呀~
唉
在這裡工作不難，真正可怕的是人際關係呀~
沒錯沒錯
我在職前座談會時就聽說了
聽說有派系鬥爭
沒錯
被前輩討厭的話會受到排擠呢~
沒錯
故意整人的案例也不少
像是制服被藏起來之類的
怎麼會這樣…
好…可怕

氣氛實在…
詭異得令人無法忽視
竊竊
私語
嘰喳
萬一被派系的大頭目盯上的話…
冒冷汗…
誰是大頭目呀…
每個人看起來都很像…
大頭目↓
地下頭目↓
真正的頭目↓
年輕的頭目↓
實際上的頭目
希望我能遠離這場風暴
和平主義
但又不能完全不屬於任何派系
得找出哪個派系是主流才行
偷瞄
怎樣才能打進他們的圈子咧？
你要加入我們嗎？
主動攀談？

現在來介紹今年的新進員工
驚
新人最重要的就是給大家留下好印象……!!
緊張
我是森下惠美子
安靜—
嗯…
表現出清新感
十足
活力
嗯—ㄜ—
ㄟ—
冷靜又能幹的新人
俐落
好相處的感覺
啊哈哈
但萬一被盯上的話…
請…請大家多多指教…
平安度過
朝會結束
今年的新人個性好像不怎麼開朗呢~
呵呵
偷瞄
瞄
是…是在說我嗎?
立刻就被打分數了

不必太在意啦~
呵呵
這裡是公司提供的員工宿舍
普通的公寓裡有8個房間做為宿舍使用
家住得遠的人優先分配
我的房間四周全都住著前輩
辛苦了~
嗶
嗶
這裡真的有派系鬥爭嗎~?
老鳥幫
打工媽媽幫
菜鳥幫
聽說兼差那群人之間是有這回事啦…
正職員工就沒聽說了~
沒想到這種崇尚個人主義的人還蠻多的
混入那個派系內被他們接受好像也是正職員工的工作之一唷~?
小心那傢伙
那個人這樣做好嗎?
這不是更困難了嗎
呵~人際關係本來就很複雜呀
譬如說呢?

有黏答答的、有霹靂啪啦的…
還有涼颼颼的
全部都形容詞誰聽得懂啊…
別緊張，等妳遇到就知道啦
這樣講誰能不緊張啊…
對了，森下小姐有男朋友嗎？
嘿嘿嘿
我問妳哦
妳覺得公司裡有不錯的對象嗎？
深夜1點
啊哈哈哈
所以那時就○○××了呀~
へ~不痛嗎？隔天還行嗎？
呼嚕~
就這樣開始了我從早到晚都和女人們混在一起的日子…
不知道何時才能離開

新人的自我介紹
好緊張喔～
要說些什麼好呢？
先說名字再跟大家問好就行了吧？
怦怦
怦怦
怦怦
惠美子先講嘛～
拜託～
什麼
啊啊
我…我是森下惠美子
嗯～
啊～
大家好，我剛來到這裡，如有麻煩到大家的地方，請多包涵
滔滔
不絕
僵—

不太想參加的迎新會

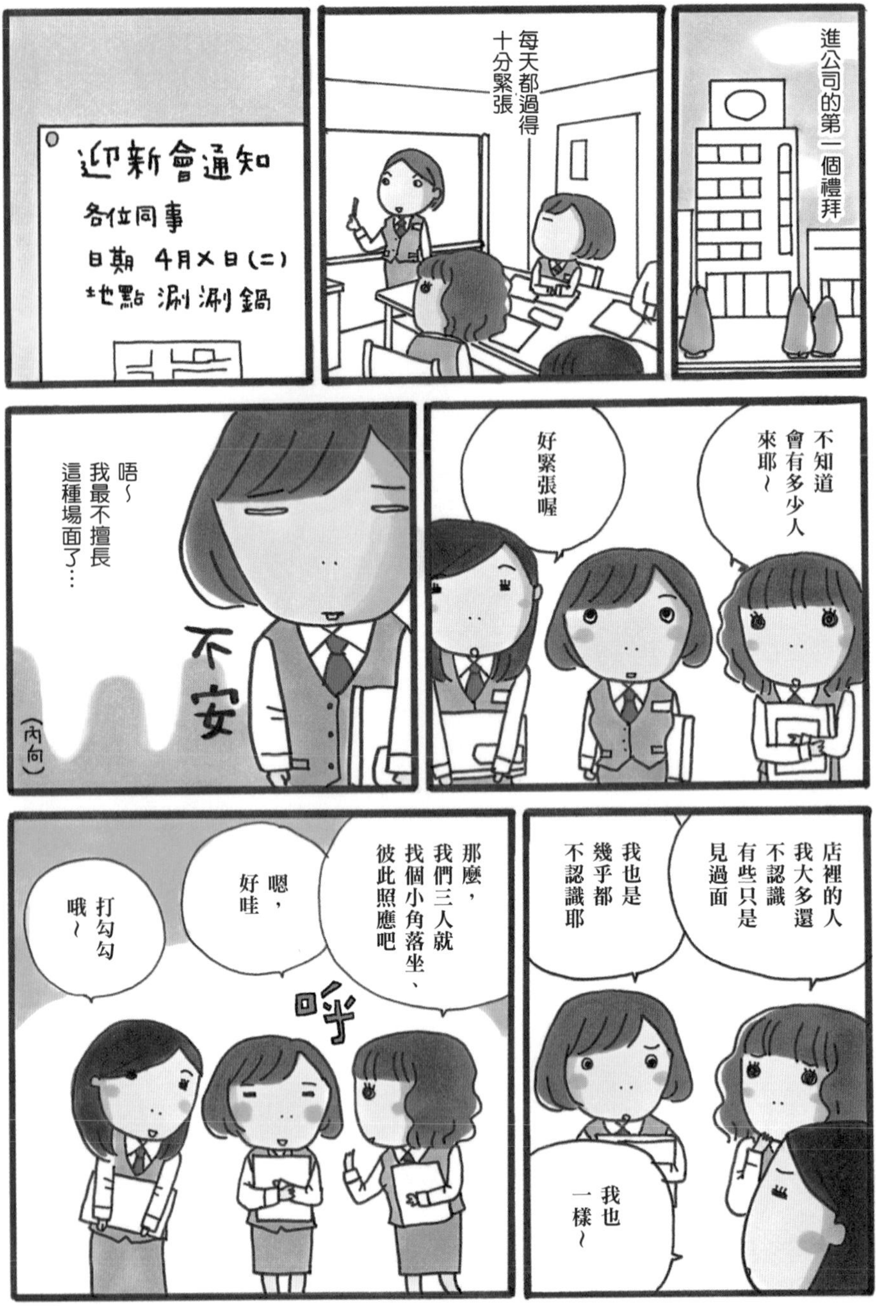

進公司的第一個禮拜
每天都過得十分緊張
迎新會通知
各位同事
日期 4月X日(二)
地點 涮涮鍋
不知道會有多少人來耶～
好緊張喔
唔～我最不擅長這種場面了…
不安
(內向)
店裡的人我大多還不認識有些只是見過面
我也是幾乎都不認識耶
我也一樣～
那麼，我們三人就找個小角落坐、彼此照應吧
嗯，好哇
呼
打勾勾哦～

找個角落坐吧～
張望
悄聲
哦，新人請坐前面這邊
開始坐立不安的三人
緊張
害羞
不安
全部的人聚集起來，才發現原來也有男性員工呢～
辛苦了ー
嗨ー
へー今年又有新鮮人加入我們，大家一起乾杯吧！
哇～
第一次吃涮涮鍋耶…
喂喂

男性新員工
男生在斟酒耶~
請用
我們畢竟也是新人，還是去幫忙吧？
啊
你說得沒錯~
我去幫忙斟酒
呵呵呵
我也一起去~
動作太慢
緊張
呵
我們3個一起去吧
好~
嗯
啊
衝
難道…進入社會之後…
但也許進入社會後
這種事就變得很重要了吧
起身
我也得去才行
斟酒沒有想像中簡單耶…

很難打入已經聊得非常起勁的人群裡
嗯—
被人搶先斟酒了
請用
請問需要啤酒嗎？
不好意思，我是開車來的
喝烏龍茶就好
被拒絕後就沒啥自信再找下一個人…
唉—
意興闌珊
這些女人真厲害呀…
尊敬…
俐落
手腳
請用
說不定在這裡
能遇到意中人唷
我也來看看有無合適的對象—

新人竟然在斟酒？
哼
想跟男生獻殷勤吧？
好可怕…
沒有這回事啦～
那個鬈髮女很討人厭～
為了取悅男生
都忘了其他女性員工全看在眼裡呢
這才驚覺不友善的眼神從四面八方射殺過來…
盯
瞪
人家的酒量沒那麼好啦～
我還是提醒一下這兩個女孩吧…
小惠，要不要回座位了？
喔—你先回去吃點東西吧～？

啊，我不是故意要打斷你們的快樂時光啦…
緊張
我也很想回座位呀…
但一個人孤零零地坐在那兒實在是…
啊，謝謝
你可以回去吃點東西沒關係啦～
啊，不用了
回座位吃東西吧～
沒辦法回座位也不讓我斟酒
我該何去何從呀
好想吃那個涮涮鍋喔…

森下，妳在幹嘛？
啊
那些新人都在幫忙斟酒，所以我也…
扭扭捏捏
苦笑
喔～
那種事不做也沒關係啦
做得太過頭反而會惹得一些前輩不高興哦
悄聲
悄聲
是喔…
想做的人就讓他去吧
可別放過這個大吃大喝的好機會
我坐這兒吧
你看，是肉片耶～哈哈～
前輩和那一片肉看起來好耀眼哪…
真好吃…
這女孩也是住宿舍的嗎？
是啊

那麼我把保鮮盒借給妳
偷偷把肉啊火鍋料放進去帶回宿舍吧
妳是住宿舍的呀？很辛苦吧～
要不要吃點穪糬？
老家在哪？
這些肉片也給妳吃吧
等一下再點就有了～
好多食物呀～
原來
大家都很親切呢…
住宿舍的
多半指從鄉下遠道而來獨自打拚的人
＝
深得阿姨前輩們的喜愛
深受寵愛
這樣喔？～
嗯
呵呵
深受寵愛
喔！原來如此啊？
哈哈哈
從這場迎新會似乎就能清楚看見惠美子的未來了…

菜鳥員工惠美子
即使大家當時
都已經喝得爛醉，
隔天卻都能
正常地上班工作…
不愧是
成年人的
世界呀…

進這家公司
已經一個月了ー
慢慢習慣了
上班生活
歡迎光臨
但新人研習
依然進行當中
同期的同事
呼ー
好累喔～
去喝點
東西吧？
有時候彼此鼓勵
我好像
不太適合
這種面對
客人的工作耶…
不會啦～
別這樣想
有時候互相幫忙
我去幫
妳打卡
謝謝ー
有時候則…
昨天
人事部的
丸山先生
請我喝果汁耶
呵呵

人事部的丸山先生
剛進公司時大家都說他很帥
超帥的ー
看起來很體貼
嘩
嘩
嘩
嘩
當時我們還小聊了一下哦，呵呵
是喔～
真好耶
前幾天丸山先生也把他的傘借給我喔
啊，丸山先生也給過我喉糖呢～
有時候則像這樣彼此競爭
嘿嘿嘿
嘿
社會新鮮人的生活就這樣一天一天過去了

百貨公司的員工以女性居多
男性員工相對較少
在這群數量稀少的男性當中
扣除已婚者
還有中年大叔
單身又帥氣的男生可說所剩無幾了
因此大家都喜歡上同一個人的機率非常高
你們知道嗎？丸山先生很喜歡衝浪哦，超酷的～
不過他說最近休假都在家裡睡覺耶
呵呵
他說因為平常上班光通車就要2小時，累到睡眠不足～

丸山先生說他血型是O型的
對呀，但大家都說他比較像B型的人？
他自己說是比較像混了B型的O型人啦
聽說丸山先生喜歡B'Z？
我知道，而且他還去看了之前舉辦的戶外演唱會咧
但他說他不太擅長在KTV唱歌哦~
丸山先生大猜謎！
猜猜誰最了解丸山先生!!
彼此較勁不遺餘力
瞄
瞪
盯

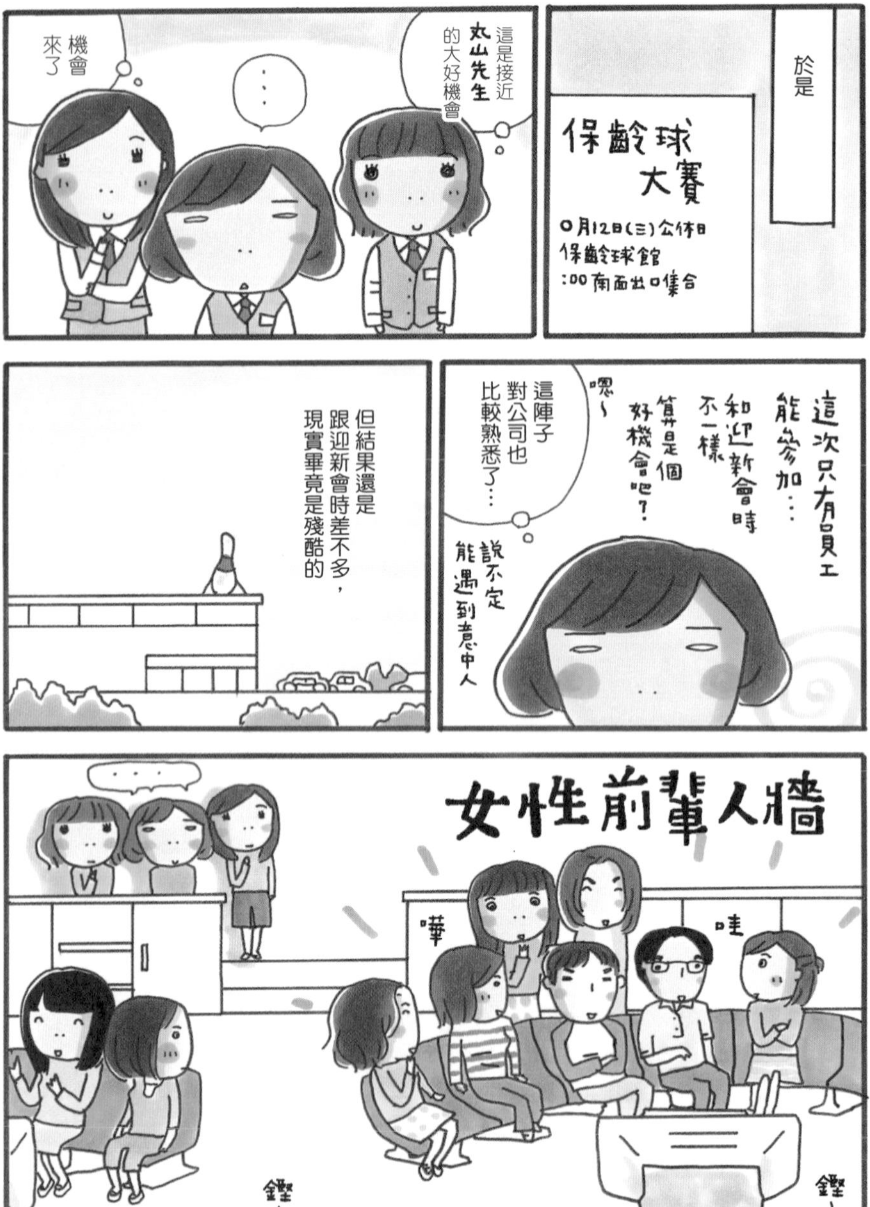

於是
保齡球大賽
0月12日(三)公休日
保齡球館
:00南面出口集合
這是接近丸山先生的大好機會
……
機會來了
這次只有員工能參加…
和迎新會時不一樣
算是個好機會吧?
嗯~
這陣子對公司也比較熟悉了…
說不定能遇到意中人
但結果還是跟迎新會時差不多，現實畢竟是殘酷的
女性前輩人牆
……
嘩
哇
鏗—隆
鏗—隆

即使是這兩朵花
瞪
也無法越雷池一步…
快點快點
換新人上場打球了～
…
前輩給新人的教戰守則
假如在職場裡發現一個還不錯的對象時
心動
要知道公司裡至少有10個人跟妳有著一樣的想法哦
世界是殘酷的呀…

啊～森下小姐？你是說那個頭髮很膨的女生嗎？
膨膨頭

第一次的派系鬥爭

進公司一個多月後—
新進員工訓練結束
終於要開始進賣場實習
有點緊張耶~
嗯!
接下來就要正式登場了
您好，請多指教
今天中午前先幫忙整理商品，順便熟悉整個賣場
是

這裡號稱百貨公司
其實只是鄉下地方的一家商店
平常店內沒甚麼客人，非常悠閒
聽說百貨公司裡的派系鬥爭非常厲害
一開始我也很擔心
但今天看起來還算平和
大家辛苦了
辛苦了～
派系鬥爭到底是甚麼模樣呢？
我自己的想像畫面是這個樣子的…
唷—
嘿—
瞪
瞪
盯
怎麼好像運動會…
嗯～
森下小姐

不忙的話可以幫個忙嗎？
沒問題
把紙箱裡的貨拿出來
像這樣掛起來，可以嗎？
好的
認真
喂
是誰叫妳做這個的？
啊…是田…田…
田沼小姐嗎？
這事情你不必做，回賣場去吧
啊…
已經做完了嗎？
甚麼跟甚麼呀…

是還沒做完啦
但有人叫我不要做了…
是誰？
嗯—是個鬈髮的…
眼神很犀利的…
是金原小姐吧
那傢伙不做事光顧著聊天，事情都丟給別人做～
又來了～～？
那女人真囉嗦耶～
幹嘛管別人家的事情啊
真是雞婆～
田沼小姐，自己的工作請自己做好嗎？
我只是想更有效率地把事情完成而已
呆
難道這就是!!
瞪
盯
瞪
想像中的畫面真實呈現了…！

不管田沼小姐叫你幹嘛，你都不必理會
逼近
後退
如果我回答「好」，就等於加入「金原派」？
想像圖
但萬一田沼小姐叫我做事，我哪敢說不…
畢竟我…只是個新人
但萬一被金原小姐看見我在幫田沼小姐做事的話
那傢伙…背叛我們加入「田沼派」了…
會被這樣誤會吧？
沒辦法立刻回答呀…
這時只好

啊—其實我也不太知道自己該做什麼耶~
呵呵呵~
擺出新人特有的開朗又有點呆的傻樣
工作上的事我還不是很懂~
呵呵~
…
工作的事還是先搞清楚比較好…
是~
順利蒙混過去了…
遇到對方糾纏不清時的應用之道
這事情我也不是很清楚耶~
呵呵~
…
嘿嘿嘿
森下小姐

金原小姐跟妳說了什麼吧？
那個人說的話妳不必聽啦
他跟妳說了什麼？
那女人很煩對吧？
嗯～其實我也不太清楚耶～
呵呵—
太難的事情我不是很懂啦～
呵呵—
…
嗯…說得也是，畢竟你才剛來…
呆樣—
總之先跳脫派系鬥爭的漩渦吧…
呼—
往後
那個新來的好像不太懂得怎麼做事耶～
會不會是個呆子呀
竊竊
私語
看來得想辦法挽回我的工作能力印象才行呀…

那種事交給賣場的人去做就行了
是喔～我知道了，謝謝
請問一下～？
……
哼
這時候就該
這我不太懂耶，可以請您教我嗎～
呆—
但要注意哦
太常用這招有時會導致反效果

菜鳥員工要當心①

那個包包好可愛唷～
呵呵
我用第一次領的薪水買的～
但只有星期一才能帶來公司
為什麼～？這樣不是很可惜嗎？
因為和田原小姐撞包了…
瞪
啊～被瞪了…
田原小姐每個星期一排休假，所以…
只能趁這個空檔…
若是和前輩撞衫或撞包
周圍的空氣瞬間便凝結住了
尤其是流行款
瞪
驚
但這和我沒啥關係
公司的襯衫
廉價的包包
不起眼的長褲
衝啊，快遲到了～
（禁止直接穿制服上班）
是組長
啊
公司的襯衫
奇怪的長褲
一大早根本沒時間考慮要穿什麼衣服出門的～
同伴…
您的心情我很了解～
呼
呼

菜鳥員工要當心②

想去燙頭髮耶
這種有點零亂的髮型好可愛唷～
可是店裡對於服裝的規定很嚴格
頭髮要梳理整齊
不可染髮
耳環和戒指只能擇一配戴
只能擦透明指甲油
裙長及膝
黑色鞋子
有點擔心所以找了前輩商量
我想燙這種有點零亂的髮型耶
有點零亂的髮型啊……
閃亮亮
不行嗎?
高畑組長好像是這種髮型的擁護者哦～
他的髮型也夠亂的了
如果妳去燙這個髮型,可能會被這樣說哦
妳在模仿這款髮型嗎?沒有先跟我報備?
但若燙出來效果不好的話就沒問題了
噗
……
這兩條路好像都不怎麼好

抱怨

這裡的人也太懶散了～不管我怎麼告誡都沒用
抱怨
抱怨
聽妳講這些也是我的工作之一吧…
過了30分鐘
妳也是新來的，最好趁早養成積極的好習慣，別跟著懶散了唷
抱怨
抱怨
只要讓她覺得有理就會住嘴放過我了吧…
是，我了解 真是辛苦您了～
對啊～妳才知道我有多辛苦呢～
糟糕，好像更起勁了
換個話題讓她停下來好了
對了，我們組長田原小姐啊
說到田原那孩子啊，不行啦～老是自作主張
抱怨
反而發展出新的抱怨對象了
做這種工作啊，就是要多注意周遭的氣氛啦～
抱怨
抱怨
抱怨
抱怨
乾脆乖乖聽講啥話都不要說…
喂，我在跟妳說話耶，有沒有注意聽啊？總之啊
總之啊又繞回到一開始的話題了

歐巴桑的對話

我最討厭背後說人家的壞話了…不管是說人還是被說都讓我覺得不舒服…
氣死人了啦
我了解
今天推銷信用卡的時候，明明是我跟客人解說的但小惠竟然在負責人員的空格寫下自己的名字耶～
啊，我也遇過一樣的情況
但有時還是會忍不住想講別人的壞話
沒想到小惠是這種人～
明目張膽地搶人家的功勞之前也是這樣～
我一直以為她是個沒心機的好孩子呢
唉—
外表看起來蠻天真的說
還有啊～她還曾經突然跑回家去也沒講一聲
太過份了，一般人哪會那樣做啊～
但我想她應該不是故意的啦
嗯—
呵呵
應該是天性比較遲鈍吧～
不管怎樣還是得考慮一下別人的感覺吧
這種人也太自私啦
偶爾也會穿插幾句好話減少一點罪惡感

被騙

我老是被男人騙
唉
我之前的男友其實還同時跟其他女人交往
我以為他會跟那女人分手
沒想到他竟然投入那女人的懷抱…
結果我還是被騙了…
好悶喔～
惠美子有被男人騙過嗎？
ㄟ？
沒有耶…
真羨慕妳呀
是嗎？
可是我經常被女人騙耶
唉
之前有個和我同期的女孩說「那個○○先生好像喜歡惠美子喔，要不要我幫妳推一把呀？」害我高興了一下
沒想到那只不過是她想藉此接近○○先生的藉口
結果我還是被騙了…
好悶喔～

錄取
錄取
錄取
錄取

同期的菜鳥三人組
研修時三人總是一起行動
嘩
嘩
感覺就像是學生時代
食品組組長約我下次一起去喝飲料耶—
昨天我和訓練中心的老師一起去吃飯哦
那裡的夜景超美的~
夜景很美喔那我也請他下次帶我一起去看吧~~
惠美子
尚在努力當中

這兩人的情史
非常豐富
高中時代
就曾經和30歲的上班族
或打工處的店
長交往過
一年內
至少和10個以上
的男生談過戀愛
收收名牌精品禮物、
吃吃法國料理
渾身散發著
都會感
←鄉下人
好成熟喔
惠美子（20歲）
交往過的人數：一名（半年）
不曾參加過聯誼
約會時各付各的
不曾被送過名牌精品
談到
暗戀的人時
會跟著聊
那個人很帥耶～
對耶
但太
麻辣的
話題就
沒辦法
聊得
太深入…
我去男朋友住的地方時聽見裡面有女人的聲音～於是就直接闖進去
但有時也會
試著聊深一點
偶爾也是會遇到這種事啦
對啊～

因為不想
被當成什麼都
不懂的鄉下人
嘿嘿嘿
另一方面則是想要擁有
新的環境
新的生活
新的人際關係
至今為止的人生
都走在這一側
沒人愛小隊～
人見人愛小隊～
期待
全新的我
像這樣
惠美子
加入人見人愛小隊
妳看～
這是
我男朋友
買給我的
真好，
我只有個
LV小錢包～
真希望
我男友也
能買這個
給我～
惠美子
呢？
嗯～
我…我…
我的放在
老家了…

萬一被我男友知道我去聯誼可就麻煩了~
不過就是去聯誼嘛~逢場作戲就好啦
對呀，這沒什麼大不了的
參不參加聯誼倒是其次
但至少也要裝腔作勢、撐一下場面？
哈哈哈
（從沒參加過聯誼）
我男朋友超級愛吃醋的
我了解妳的心情，以前我有個男友也是這樣
甚至嚴禁我去有男生的地方打工呢~
哇~這麼嚴格喔—
明明只交過1個男朋友卻把1個人當5、6個人用，瞎掰故事情節的蒙混話術
掰不下去時就把朋友的男友的事情拿來繼續掰

化妝時
努力化出
不輸兩人的
彩妝
今年的新人
每個都打扮得
花枝招展呢
她說的「每個」
應該有包括
我吧？
從此我也算是
人見人愛小隊
的一員了？
正式在
賣場裡實習後—
我們幾乎都
是個別行動
辛苦了～
我先去吃
午餐了～
我也幾乎都和
同宿舍的人
混在一起
午餐
想吃什麼？

經過三個月的研修—
你們進公司也有三個月了
如何？對於工作已經很習慣吧？
進入賣場後
不習慣一整天都站著
加上賣場的緊張氣氛
消瘦
兩人都稍微變瘦了一點
站著工作肚子很容易餓
偏重碳水化合物的飲食習慣
一個人生活飲食不正常
膨脹
以及變胖了的我
只要一進賣場就開始緊張，到現在都還不是很習慣…
這段期間實際體會賣場裡的緊張氣氛後
不論身體或精神上或多或少會出現疲勞感
但我想森下小姐應該沒有這個困擾吧
啊

我也還不習慣啊，整天都緊繃得要命～
哈哈
呵呵呵
但外表完全沒有說服力
進公司後整個人看起來超健康的
脫掉學生色彩
呈現出纖瘦女人味的兩人
現在變得更受歡迎
組長又找我去聯誼～明明已經告訴他我有男友了
啊，我也是耶
那東西很重，我幫妳搬吧？
受歡迎的程度也太明顯了
呼——
嘿咻
前幾天有客人邀我一起去吃飯…
對呀，沒想到在這裡被搭訕的機會還蠻多的呢～
也不想想人家還在工作中
完全沒這方面的困擾 ←

至少讓我請妳吃頓午餐吧
你這樣拚命我會擔心耶
嗯~不好意思啦~
默默退出受歡迎小隊
(想像圖)
悄悄
雖說加入了人見人愛小隊實際上卻沒人理睬…
今天有個客人突然暴怒
我馬上就逃離現場了
看來，工作再努力，還是會遇到不公平的待遇呀
腳自己就跑了起來嗎
啊哈哈

剛進公司時
一定會把妝完全化好才出門
進公司一星期後
只上粉底和口紅
快遲到了~
公司的襯衫
進公司一個月後
新鮮感0…
森下小姐是剛來報到嗎？

禍從口出

聽說服飾部的野中小姐正在和營業企劃部經理交往…
是真的嗎？
咦？
真的啊，但暫時還不公開
雖然大家其實都知道了
僵——
怎麼了？
我今天才剛跟野中小姐說…
「聽說營業企劃部經理是個大色魔，大家都很討厭他——」
但當時野中小姐什麼話都沒說，還跟我一起大笑呢
怎麼辦？這下糗大了
緊張
緊張

別緊張，畢竟妳只是個新人
而且的確每個人都說營業企劃部經理是個大色魔啊
當時野中小姐明明正和營業企劃部經理交往中，卻還能不動聲色地和我聊這個話題…
我也覺得他有點色色的耶～
呵呵呵，我了解妳的感覺～
野中小姐
我竟然做了這種蠢事…
太可怕了
這一類的話題大家總是討論得特別起勁…
很討厭耶
兩隻眼睛一～直盯著人家看
不論哪個年紀都對這種八卦十分感興趣
對呀
嘩
嘩
女人們聚在一起好像特別喜歡以道人長短的方式來拉近彼此的距離…？
學生時代
快被那老師氣死了
我也是耶～
對吧～
沒錯沒錯
嘩—
苦笑
但還是要
反省…

那個
聽說兼差的長原小姐正在和村上組長交往中？真的假的？
嗯，是外遇
但沒公開
僵—
？
我…我之前跟長原小姐說過「村上組長好帥唷~真羨慕他太太耶~」
這樣的話~
因為聽說他太太也曾經在這家店上班…
而且我還說了「村上組長女人緣這麼好，他太太也一定很擔心吧」
之類的話…完蛋了~
別緊張，森下畢竟是新人，大家頂多會說你少根筋罷了
我怎麼老說些蠢話啦~
我不是心懷惡意地說那些話啦
只是當時聊得很起勁，一不小心就多嘴了
啊，是村上組長耶
但還是要反省…

但當時長原小姐還心平氣和地跟我說話，一點也看不出來她…
聽說他太太長得很漂亮哦～
太可怕了
驚
是喔～
如果是我，當場一定嚇得心臟狂跳吧
心跳加速
緊張
心虛
唉—
話說回來公司難道沒有禁止辦公室戀情嗎？
腿軟
是沒有明文禁止啦
但基本上大家都不會公開
否則事情會變得很難做
原來如此啊～
分手時也很尷尬…
但也因此男生很容易劈腿～
へー
但劈腿這種事很快就會傳開吧
這就是辦公室戀情囉，有好有壞
很奇妙吧

想想自己
一天到晚就說錯話
實在是…
公司裡
還有哪些人
正在交往
當中？
我哪可能
全都知道啊…
嗯—
快告訴我吧，
免得又出糗
筆記
表面上相安無事的同事們
背地裡卻隱藏著
這麼多秘密…
有好感
交往中
單戀中
前女友
外遇中

要小心，
別再隨便講出一些專有名詞
既然出了社會，
交談時就要有個上班族的樣子
餐廳
嘩
嘩
那是什麼照片？
我前陣子參加朋友婚禮的相片啦～
哇～好可愛唷～看起來就是男生會喜歡的那種女生
她老公也長得很帥吧～
20歲就結婚了，真羨慕呀
嘩
嘩
真的很可愛耶～結婚禮服還是趁20幾歲時來穿才好看呢～～
瞪
看來我的前途多舛…
又說錯話了…
還被狠狠的瞪了
唉唉唉

丸山先生好帥喔～
前一陣子啊～
經常出現的話題…
最近太胖了，要減肥才行～
最近卻很少再被提起…
幾乎可以斷定他們兩人確實曾交往過一陣子
（惠美子調查）
…

前輩，天亮了唷~
呼嚕~
留宿一夜
睡眼惺忪
8:00
嗶嗶嗶
嗶嗶嗶
9:30
早安
早安
11:00
妳試著幫這個模特兒搭配衣服看看
好的
12:30
味噌湯是用高湯煮的唷~我都不知道呢~
呵呵呵
妳很厲害，自己煮飯做菜
19:30
喔，來了
辛苦了
大家辛苦了
晚點去找妳們
OK
呼—
鈴鈴鈴
鈴鈴鈴

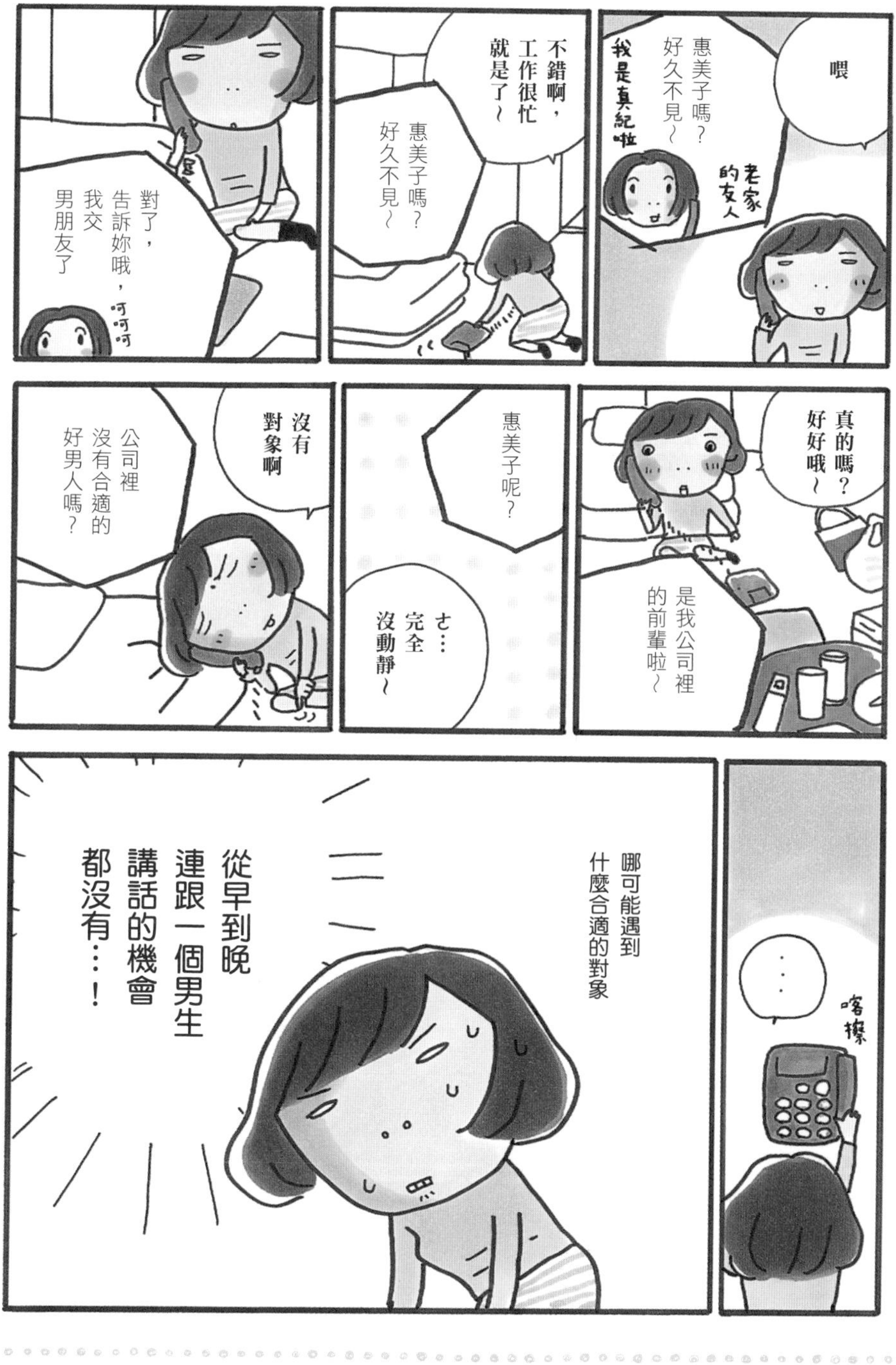
喂
惠美子嗎？好久不見～
我是真紀啦
老家的友人
惠美子嗎？好久不見～
不錯啊，工作很忙就是了～
對了，告訴妳哦，我交男朋友了
呵呵呵
真的嗎？好好哦～
是我公司裡的前輩啦～
惠美子呢？
ㄜ…完全沒動靜～
公司裡沒有合適的好男人嗎？
沒有對象啊
…
喀擦
哪可能遇到什麼合適的對象
從早到晚連跟一個男生講話的機會都沒有…！

情侶大調查
2人是如何認識的
第1名 學校、公司
第2名 朋友介紹
第3名 社團、同好會的友人
果然是…
公司排名第一呀
MORE
但公司裡的男性同事少得可憐
大家都搶著要
…
嘩
嘩
即使是那些長得不怎樣的也很搶手
那男的腳踏兩條船呢
怎可能～
像我這種對自己的長相有自知之明的人想交男友簡直比登天還難
但即使有機會交往，
辦公室戀情也是挺辛苦的…
說來又話長了
接下來是…
第2名 朋友介紹

今天賣場的角落裡有一對情侶躲在那裡~
我就故意在他們附近整理貨品
嘿嘿嘿
…
這種事實在很不想拜託前輩們…
老家的朋友
就算順利交往，遠距離戀愛維持起來也不容易…
看來我只能靠同期的這兩位…
妳們可以幫我介紹男生嗎~？
男人緣超好的2人
唉唷~要自己去拜託人家太害羞了啦~~~
臉皮太薄
但我看起來不就是一副男人緣不佳卻超想交男朋友的模樣嗎？
完全沒錯
如果她們
我幫妳介紹吧？
能夠自己這樣講就好了
太任性了

嘩
嘩
好久不曾三人一起聊天了~
真的耶
對了，小惠和男友最近處得還不錯吧？
那個年紀比你大的
嗯，我們感情很好~
好羨慕喔
我也想交男朋友~
我幫妳介紹吧？
真的嗎~
呵呵呵
嘿嘿嘿
我們最近有點問題…
唉—
工作太忙幾乎沒時間約會~
學生時期我還能配合他的時間
自從我上班後，回家都已經很晚了
我明白~
我和男友都上班後，約會時間反而減少了~

按目前狀況看來，
很難拜託這兩位
是喔～看來問題蠻大的耶～
嗯，對呀～
等習慣上班族的作息後
一切就會慢慢回復正常吧
小惠和祥子都這麼可愛～
男生不會輕易將妳們放手的啦
有什麼煩惱都可以找我傾訴哦～
只要妳們願意的話!!
幸福的情侶檔才能帶給我幸福的另一半…
期待她們把男友的朋友介紹給我…
笑
惠美子人真好
果然是好朋友
感～動
其…其實我是有私心的啦…

8:00
嗶嗶嗶
嗶嗶嗶
早安～
早安～
9:30
拜託－總不能每次都叫我配合他的時間吧
11:00
唉唷～剛才那位客人叫我小姑娘耶～
又被纏上了…
12:30
他竟然說是我不對！
是喔
19:30
我想乾脆和男友分手另外再交一個好了
嗯嗯
我先走了～
鈴鈴鈴
鈴鈴鈴
00:30
告訴妳哦～本來約好今天跟我男朋友見面～
今日同樣一整天只有機會跟女人講話的惠美子

今天還沒機會和男生說話
…
這位客人~
請問您在找什麼嗎？
沒有，隨便看看
呵呵
今天總算…

調查團

住進員工宿舍已經半年了
呼—我回來囉
雖然是宿舍卻沒什麼嚴格的規定
由於房間是單人房
基本上可以說是一個人過日子…
喀擦
啊哈哈
只是
廣瀨小姐的房間有男生的聲音
ㄟ?
真的假的!?
還是有一點點不一樣
這聲音…是她男友吧
真羨慕
彼此之間很難保持完整的隱私
啊,TUNNELS開始搞笑了~
對耶,有TUNNELS的演出
若太在意這種事
哇哈哈哈
就很難在這裡住下去了
開始囉

剛搬進來時
得乖巧一點才行
就算交了男友也不能帶進來這裡吧
這裡住的全是前輩，事事都要小心謹慎
緊張
害怕
半年後膽子也大了不少
唉唷~哈哈哈
交男友後我也要帶他來這裡
讓大家都聽得到我的笑聲
暫時相安無事的宿舍生活
事情發生在某一個放假日前
鈴鈴鈴
我是森下
森下呀？只有妳自己在房間裡嗎？
嗯，就我一個人~
可以請妳來一下我房間嗎？
沒問題~
我等妳
？

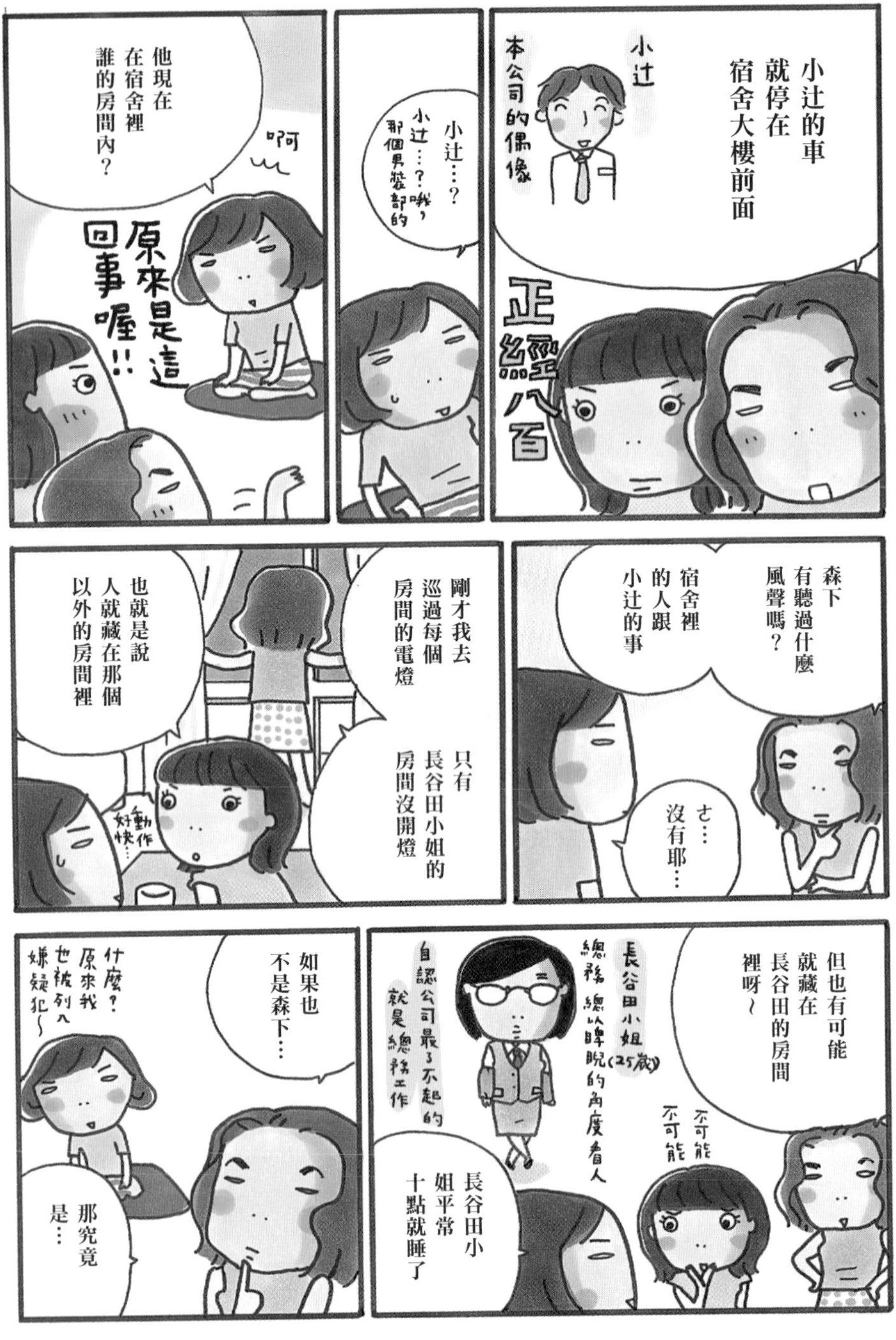
小辻的車就停在宿舍大樓前面
小辻
本公司的偶像
正經八百
小辻…？
小辻…？哦，那個男裝部的
他現在在宿舍裡誰的房間內？
啊
原來是這回事喔!!
森下有聽過什麼風聲嗎？
宿舍裡的人跟小辻的事
ㄜ…沒有耶…
剛才我去巡過每個房間的電燈
只有長谷田小姐的房間沒開燈
也就是說人就藏在那個以外的房間裡
動作好快…
但也有可能就藏在長谷田的房間裡呀～
長谷田小姐(25歲)
總務 總以睥睨的角度看人
自認公司最了不起的就是總務工作
不可能
不可能
長谷田小姐平常十點就睡了
如果也不是森下…
什麼？原來我也被列入嫌疑犯～
那究竟是…

在誰的
房間裡？
305 藤井
304 安代
303 石原
302 佐佐木
空房
204 廣瀨
203 森下
202 長谷田
啊，廣瀨小姐的男朋友好像來找他哦
嗯嗯
那就剩石原和藤井囉
石原小姐現在有男朋友嗎？
好像沒聽說耶～
很少聽到她房間裡有男生講話的聲音
但她的陽台上經常晾著男生的罩衫
啊，那是她前男友的衣服啦～
這是給我男朋友用的，呵呵
在公司福利社買的
現在變成她自己穿
早安

藤井小姐星期天上班時偶爾會叫她男友接送
看來她男朋友應該是休六日的上班族
休假日無法配合的話很辛苦吧~
最近很少看她男友把車停在這裡，說不定已經分手了
我想起來了，藤井她男友曾經在她房間過夜，
半夜1、2點的時候騎車出去
噗噗噗…
大概5分鐘後又回來
一定是去附近的便利商店買保〇套啦
乾脆一次買多一點
哈哈哈
這…這個話題會不會太侵犯人家的隱私啦…

幸好我
跟這兩人
住不同樓層
呵呵呵…
但我也
沒資格說她們啦…
咦？這男生的聲音我沒聽過哦
不愧是前輩
分析能力
一點也不輸偵探
嘿嘿嘿…
幸好現在
講的這些
都不是
什麼不可告人
的隱私
森下一直
待在房裡，
都做些
什麼啊？
男人緣
這麼差？
晚上都不出去玩呀？
我就是
沒男友嘛，
但也沒必要
特地跟妳們講吧…
我來打電話
問問小辻
在哪裡？
等一下，
打電話很容易
被呼弄過去，
不如說要找他
「一起去喝一杯」
森下則去
陽台看看
動靜
若定
指揮
是
好辦法
佐佐木小姐
會不會太
專業啦
真厲害

我來打擾了
大家好久不曾這樣聚在一起了
嘩
哇
石原小姐
藤井小姐
…奇怪？
早晨
結果—小辻究竟在哪個房間裡咧？
難道沒在宿舍裡？
嗯—
唔—
ㄟ~
車也不見了…
啊，我知道了！
該不會是在那個沒開燈的房間裡吧？
喀答

宿舍裡的二三事

哇!你把我的東西吃掉囉~
不是我吃的啦~
哇!
真容易吵架耶~
呵呵呵
我們可能有點吵哦~
林下~妳聽得到我們的聲音嗎~?
驚
怎…怎麼辦?回答「聽得到哦~」的話好像表示我隨時會偷聽
但回答「聽不到哦~」的話也太奇怪了吧
唉唷~
不知所措
可…可以呀~
OK~不好意思囉~

學習與實踐

招桃花秘訣
看來這本書根本不必買嘛
只要觀察小惠的言行舉止自然就能招到桃花了…
這些不都是小惠會做的事情嗎~
隨時讚美對方
反應要強烈
好棒喔~
太帥了~
只是每次看到，內心便油然生出一把無名火~
哇~可以嗎？我好開心唷~

服裝的處理之道

如果跟前輩撞衫或撞包
事情就不妙了
當菜鳥的一定要注意
千萬不要繼續在公司裡使用
唉—
若在公司看到其他人先穿了自己也有買的相同衣服
傻眼—
啊，我前幾天也買了那件~
也不太好意思穿去公司了
沒關係，約會的時候再穿吧
若是跟同期的同事撞衫
辛苦了~
辛苦了~
那件洋裝該不會是和我同款的吧…？
明明是同一件，穿起來感覺卻完全不同…
失敗者（？）只好默默將衣服束之高閣—

可怕的…

往上的電梯一直停住不動
好久喔ー
還是走樓梯上去吧
從來沒走過呢
吱
這座樓梯幾乎沒在使用
走起來有點可怕哩
喀答ー
喀答ー
嗚
嗚
嗚
2樓
乾脆辭職算了
我想田邊小姐也不是故意的啦
嗚
嗚
嗚
3樓
我真的火大了
那妳下次直接講出來呀？
嘰咕
嘰咕
嘰咕
4樓
真是的～
之前我就警告過你了～
這座幾乎沒在使用樓梯
真…真是可怕唷
驚
驚

查探

學生時代
妳考幾分？
分數很糟～
我也是～
讓我看看你的分數嘛
這個…
我的分數也讓妳看—
又不是不及格，沒關係啦
…
惠美子的分數稍好一點
41
啊，我的分數跟妳差不多啦
第一次發年終獎金
妳拿多少？
大概就這麼一點囉—
是喔
我想我們三人應該是一樣的金額吧～
惠美子，借我們看一下～
…
含遲到扣錢
嗯…大家拿到的都差不多啦
每每總是只有自己的現給別人看的惠美子

嗜好傾向

有一些人特別愛講自己的戀愛史或男朋友的事情
知世小姐 打工族
不過最近
她卻很少提自己男朋友的事情…
告訴妳哦，我男朋友啊
該不會是分手了吧？
站了一整天，腿很容易浮腫耶～
是啊—
對了 我男朋友有說過
那孩子最近好像開始跟食品部組長交往哦
原來如此
（辦公室戀情多半是不公開的）
我對別人的男友完全沒興趣～
苦笑
不過～跟妳講個秘密
其實那個組長啊…
對別人男友的謠言八卦倒蠻有興趣的

藉口

抱怨
那傢伙動作老是慢吞吞的，也不會排一下事情的前後順序，搞得別人很難做事
抱怨
抱怨
抱怨
田邊小姐雖然愛抱怨，但平常都會分我一些點心吃
本性應該不壞吧…
抱怨
抱怨
啊，光跟妳聊都忘了時間
我該走了，這些就交給妳處理囉
她用的原子筆上有奇蒂貓圖案
本性應該算是可愛吧
呵呵呵…
朋友家
什麼—他跟妳借十萬塊去賭博而且還劈腿～？
太誇張了
那種男人甩掉不要了啦
嗯
嗯
可是他偶爾也會幫我做早餐
本性應該算是善良吧
唉～
那女人就是不敢面對現實～
天生命苦吧
…

天真的孩子

嗨～我有事情想拜託惠美子耶～
像小惠這類女生只要開這種口我就會本能地興起一股厭惡感
也許是過去的創傷造成的陰影吧…
惠美子拜託啦～陪我一起去～
喔，我不去了
什麼？
妳先去啦～
什麼事～
什麼事？
今天啊～我可以說去住惠美子家嗎？
每次只要我沒回家，父母就會追問我是跟誰在一起～
但我又不想跟他們說男朋友的事
這樣喔～
好啊，沒關係
真的嗎？謝謝妳～
這種看似沒啥大不了的請託，有時會造成往後的一些困擾…

請問…您是森下惠美子小姐嗎？
是的，
歡迎光臨…？
小惠好像經常受您的照顧
我是小惠的媽媽
喔，小惠的—
我家小惠每天晚上
都住在您那兒呀…
每天晚上？
嗯，這個…
這樣會不會給您造成困擾呀？
啊，反正我只有一個人住，有時也會覺得寂寞…
這樣啊，那我就放心了～
小惠說您經常做菜給她吃呀？您真了不起呢～
啊—沒…沒什麼啦…呵呵
坐立
難安
方便的話，也請您教教小惠做菜吧～改天歡迎你們來我家住幾天哦

不好意思耶，一切還好吧？
喔，我就順著話搭腔囉
我媽很喜歡妳耶
父母放心度No.1
長得一張好人臉
……
太好了，以後還要繼續麻煩妳了
什麼
拜託，不是就一次而已嗎
很想拒絕
啊，我今天也要約會
拒絕不了…
我先走囉——
其實我在外面過夜時，也都說是跟惠美子在一起耶~
呵呵
萬事拜託囉~
看來我在不在場證明界人氣頗高呢…

這兩人有段時間跟男友的關係好像挺糟的
妳聽我說~
抱怨
抱怨
而且啊~
抱怨
抱怨
什麼時候又默默交了新男友了
現在她們應該滿腦子都是男朋友的事情吧
我先走囉~
我卻一整天幾乎沒跟男生講到話…
苦笑…
吸吸
惠美子~
聽說前陣子妳跟小惠一起去旅行呀
什麼
旅…旅行？
可惜天氣不太好呀
旅行…對了，我是有聽她說過
真好玩~
禮物
惠美子覺得呢？
她…她是說去了哪裡咧？
禮物有海豚馬克杯
海獺馬克杯
謝謝
海豹玩偶…
妳幫我買了唷
應該是有去水族館之類的地方吧
さ~
へ~

那個…海豚很可愛唷
小惠也是這樣說呢～
呵呵
風景也很棒～
嗯～
看來是個不錯的地方呢
へ…
惠美子搭船的時候有暈船對吧？
搭…搭船？
已經沒事了～
是嗎？
鈴鈴鈴
您好，我是小惠的媽媽
我想小惠在您那兒吧？
喔，她跟大家一起去便利商店了
怎麼會有我的電話號碼…？
慌亂
緊張
（當時手機尚未普及）
呼ー
…
這樣下去我會被煩死…

別擔心～我爸媽完全沒發現，他們非常相信惠美子
最近只要搬出惠美子的名字一切都OK呢
呵呵呵
這就是我的困擾之處啊
但妳都不先跟我通知一聲，這樣下去總有一天會露出馬腳的…
嗯～
…
好嘛，我以後一定會先跟惠美子說清楚
先串通好
呼
對了，這事有點急哦，我預定今天是去惠美子家跟大家一起吃火鍋
有點急？
還有啊，這禮拜天我是跟惠美子去迪士尼樂園玩，下星期休假則是一起去聽演唱會～
這…這麼多啊…？
於是
小惠的不在場證明填滿了我的行事曆…
我是不是把事情搞得更複雜了…？

一個人住的好處就是即使晚上玩到很晚回家也不需跟父母交代一堆理由
嗝～。。
我們再去KTV續攤吧～

但是……
……
惠美子，我昨天也跟小惠說過了，
女孩子晚上在外夜遊不太好哦，能不能最晚9點就回家呢？

行程表

分歧點

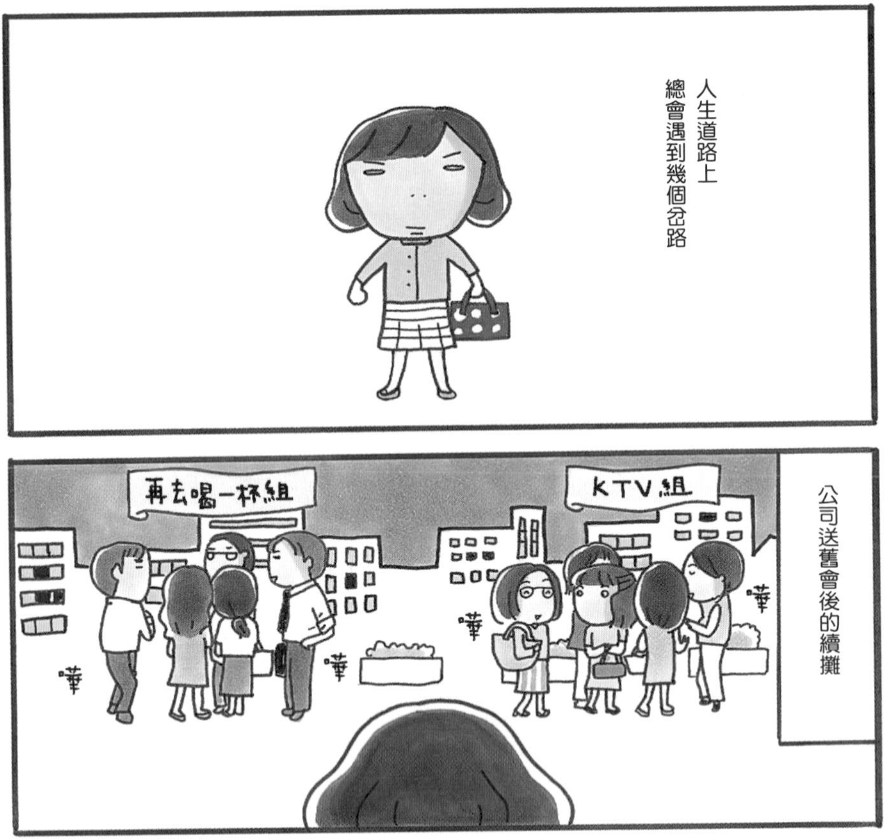

人生道路上
總會遇到幾個岔路
再去喝一杯組
KTV組
公司送舊會後的續攤
嘩
嘩
嘩
嘩
要參加
哪一組呢

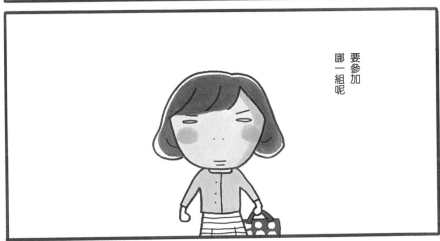

KTV組
主要是女性
再喝一杯組
主要是男性
惠美子~決定好了嗎？
啊~
妳們兩個呢？
我得回家了~
我想再去喝一杯耶~
惠美子也一起去嘛~
要和公司的男同事多點相處機會，我當然想選再喝一杯組…
可是再喝一杯組裡…不太好相處的女性前輩們↓
（妖嬌而強悍）

即使想靠近那些男同事也
女性前輩人牆
言行舉止得收斂些，免得日後在工作上找麻煩……
當心點比較好
而且，跟小惠在一起，萬一
瞄
看
啊，我去找一下○○先生
起身
傻眼—
重蹈迎新會時的覆轍的話…？
僵—
真討厭
啊，森下，怎麼啦？
如果加入KTV組
宿舍的前輩們不但好相處
還能放心的一起回家

但相對也就沒有豔遇的機會了~
？
平常就沒甚麼機會認識男性
飲酒會可說是千載難逢的好機會
分析得失後究竟要選再喝一杯那組
還是安全的ＫＴＶ組
唉，到底哪邊好呢？
嗯~
森下也一起去唱歌嘛~
啊，可是剛才小惠找我一起再去喝一杯耶
是喔，可是店長也在那一組，從頭到尾只能聊工作的事吧
接下來說不定還要再去他姊開的店續攤呢

說得也是，再喝一杯組的狀況大概會是…
想像圖
反正工作就是這樣
我還是選KTV這組吧
去跟小惠說一下
小惠～
我要去唱KTV哦
ㄟ～森下小姐要去唱歌喔
緊張
沒男人緣的女人
即使對方是喝醉酒講的客套話也會怦然心動
再來喝一杯嘛～
…
嗝～

就是這樣
ㄟ？無動於衷？
男性優先？
那時候啊~
小惠~
怎麼辦？還是跟去喝一杯呢？
單純
對耶，要去喝酒的那一組，全都是這種調調的女生
安全第一…
危險
安全
咚

一群女生去唱KTV，會好玩嗎？
我沒跟女生一起去過耶
文化差異

那條路
就算了
踏上我的
未來之路……
什麼嘛……
安全第一
緩緩
前進
我的單身
不命苦
戀愛第一

到最後是…

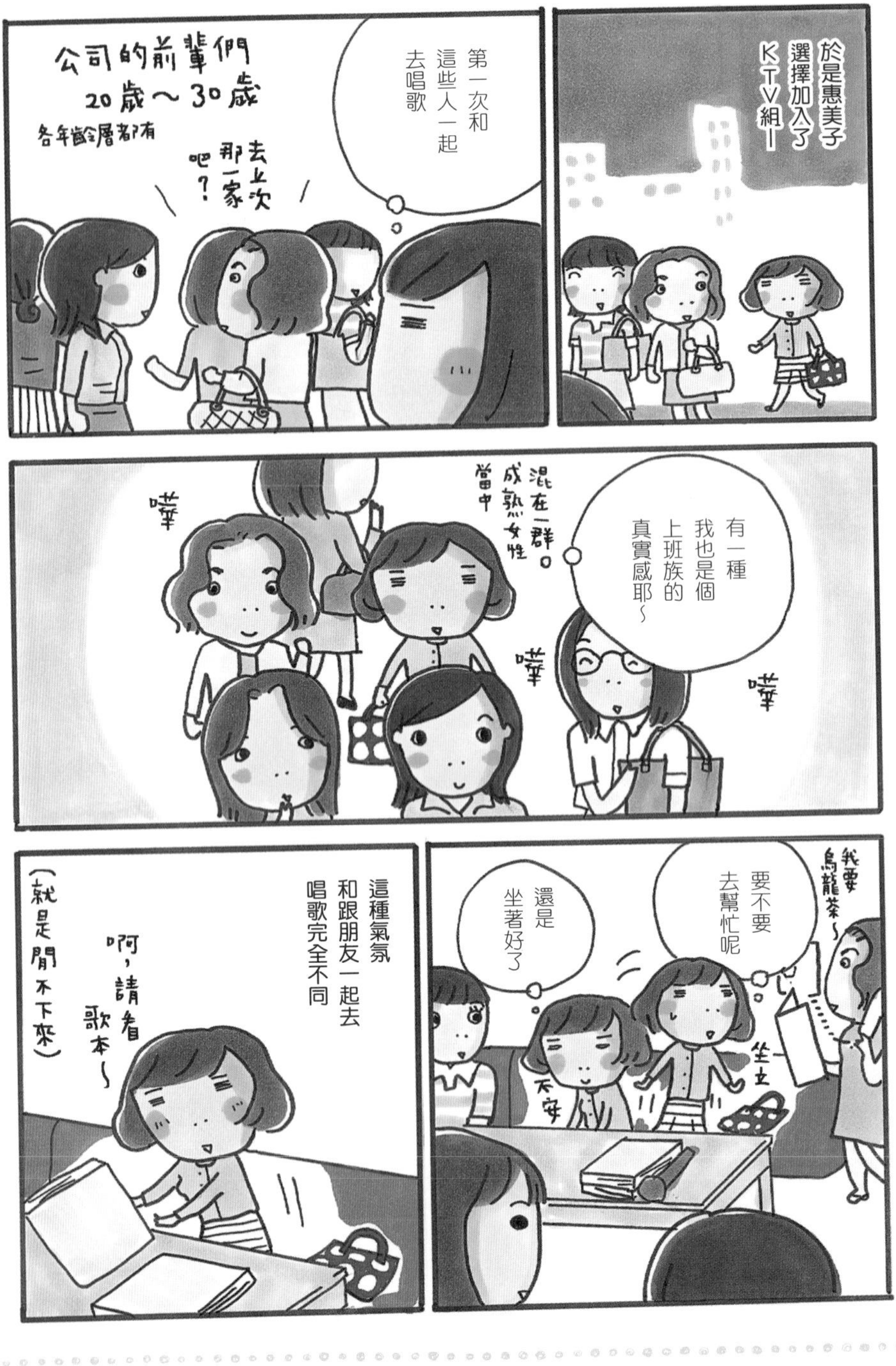

於是惠美子選擇加入了KTV組ー
公司的前輩們 20歲～30歲
各年齡層都有
去上次那一家吧？
第一次和這些人一起去唱歌
嘩
混在一群成熟女性當中
有一種我也是個上班族的真實感耶～
嘩
嘩
我要烏龍茶～
要不要去幫忙呢
還是坐著好了
坐立不安
這種氣氛和跟朋友一起去唱歌完全不同
啊，請看歌本～
(就是閒不下來)

亂髮風格的高畑組長是CHARA的頭號粉絲
模仿CHARA還蠻像的
高畑小姐，我也想唱CHARA的歌，可以嗎～？
哪一首？
這一首～
好啊，這首不錯
那我點歌囉
原來要唱CHARA的歌還得獲得批准呢
野中小姐，要不要唱SMAP的歌？
好啊，你唱吧
一起唱嘛～
原來選歌不是前輩優先而是粉絲優先哪
原來如此

每個人各自扮演擁護的歌手
松田聖子 扮演
工藤靜香 扮演
我點JUDY AND MARY的歌哦~
好啊
彼此點歌不重複
從容不迫地點歌
氣定神閒…
要點哪首~?
連唱歌也很有大人的樣子
平常跟朋友去唱歌的話…
我來
嘩-
我要點
嘩-
大家拚命點歌
嘩
嘩
對了~
那些打工妹幹嘛來參加今天的送舊會呀?
喔~妳是說那些最近剛進公司的女孩們
嘩
嘩
來打工的一般不會參加送舊會吧
跟她們又沒關係

那些打工妹～
是店長約
她們來的啦
和打工妹們同賣場的同事
什麼？人是他約來的？
有這種事～
妳們在聊些什麼呀～？
對對，
其中眼睛大大
的那個女生
聽說面試時
店長就
很中意他了
總務
真噁心～
嗯嗯
店長竟然濫用職權
妳們在聊些什麼呀～
對呀！
攪拌棒
怎麼這樣～
知道嗎？
店長還幫
那打工妹
付今天的
送舊會費用呢～
剛才送別會的副主辦人
什麼～還有這種事
嗯嗯
其他兼差或打工的同事如果知道這件事，心裡一定很不高興吧～
一定的
妳們在聊些什麼呀～？

每個部門陸續送上情報
謠言就是這樣形成的
原來呀
這八卦明天一定會有更多人知道吧
好像還帶她們去續攤呢~
噗噗噗
事情變得越來越有趣囉
再喝一杯組
戀愛至上，工作第二~
專給別人找麻煩
KTV組
嗯嗯
又學到了
還有那個新來的小惠，店長好像也蠻喜歡她的
心驚
那女生喔~那女生也挺厲害的呢
只要看到丸山的身影馬上就黏過去
那雙眼睛一天到晚就在搜尋男同事
真是觀察入微呀
跟這種人在一起很煩對吧？森下~
驚

這時候
說同期同事的
壞話有點
良心不安
要不要隨便
呼攏過去算了？
可是我也真的
覺得挺煩的
算了
算了
我們換
個話題吧
心裡有好多話
想講喔～
我覺得
她的本性
應該
不錯啦
嗯嗯
不知何時
麥克風被
丟在一旁
比起唱歌，女人對
謠言八卦的興趣更高
嘩
嘩
嘩

一開始是為了討大家歡心於是模仿歌星唱歌
大家好，我是瀨川瑛子
哈哈哈
哈哈哈
好像喔～

之後在KTV裡
森下，妳唱剛才那首歌啦～
唱嘛唱嘛～

太受歡迎而不斷重複……
森下就是瀨川瑛子的代言人～
……
森下模仿瀨川瑛子超好笑的～
是喔～

在女性居多
的職場裡
沒有男人緣的女生
特別受到
前輩的喜愛
心情很複雜

名產

大家帶回來的名產通常放在公用的置物桌上—
某天—
啊
名產→
假期過後
這裡就會堆滿各種土產
大家給的
名產
村田
送給
伊藤
重複了!!
迪士尼樂園的名產
派系長老3人組
給大家的名產—
哦~他去伊豆玩喔
真好，下次也去那兒吧
有男友的人會先看看其他人去哪裡玩
大家會以為我是跟她們一起去的吧…
搞得很像
加入派系鬥爭似的？
我可不想被誤會跟她們的關係良好
箱根…是和男朋友去的吧？
一定不是跟家人去～
沒男友的人會先看看其他人是跟誰去玩
天知道會傳成什麼樣的八卦…
苦笑
拿回去好了…

高中同學會…

嘩
妳在百貨公司上班啊～
哇～好久不見
嘩
百貨公司的員工幾乎都是女性吧
充滿忌妒與欺負人的世界呀
的確
我進公司前也是這麼想
…
但現在卻覺得這個人好像在講我的壞話喔
才沒這回事，我做得很開心呢
是喔，但聽說那裡的人際關係很複雜
女生的世界啊
不是說人閒話就是傳播八卦吧
怒
這感覺好像在說我們所有人的壞話，真令人火大
妳說什麼？男人的世界欺負人的事件才多咧
碰
雖然我們公司裡的人的確都會說別人的壞話啦

第一次參加婚禮

婚禮呀—
第一次參加耶
要穿什麼衣服去才好呢
對方是什麼人？
同班同學和她同銀行工作的上司～
比她大七歲
我的洋裝借妳穿去吧
這個也可以借妳用
可以嗎？
這個如何？
嘩
嘩
被大家這麼親切對待還真不習慣呢…
覺得很不好意思…
但其實—背後是有陰謀的
找個好男人回來
然後幫我們辦聯誼
這樣講我就借得心安理得了～

病假

感冒請病假
咳
咳
抱歉…我今天要請病假…。
午睡時公司打電話來……
呼嚕~
RRR
因為沒接電話，馬上就被查問
你昨天真的在家嗎？
在…在呀，我睡著了
懷疑的眼神
是~嗎？
盯
啊，她真的在家啦
我昨天也休假
同宿舍隔壁寢室的前輩
長谷田小姐
她的冷氣室外機一直都運轉著
還能聽見她咳嗽的聲音
也去上了好幾次洗手間
中午也是這樣！我有看到
幸好是住在宿舍裡……
哼
是嗎？
是的
呼
原來我整天都被監視著呀
也算是好事…嗎
苦笑

關於八卦

八卦這種東西
即使只是聽聽也要謹慎小心
聽聽沒關係吧……
其實我跟有婦之夫交往?
其實我懷孕了?
其實我劈腿了?
之類的吧……
森下，妳知道嗎?
這種的沒問題
什麼什麼?
其實我正在跟高橋經理交往哦
是可以讓認識的人知道的程度…
呼
ㄟ，妳聽說了嗎?
這種程度聽聽無妨
什麼什麼?
我只有跟惠美子說哦…
這種事大概過一個月後全公司就無人不曉了吧…
惠美子，妳可以幫我保密嗎?
高度機密嗎?
緊張
但萬一其他人把這八卦傳開，不就搞得好像是我講出去的?
早知道就不要聽
糟糕，拿到燙手山芋了

戲劇化

我相信妳一定辦得到
課長…
真好～真好哪～
有這種上司…
有這麼棒的上司
我也會認真工作的
每天都會過得很起勁吧
但現實生活中—
我是江口經理
自傲
今天經理來找我講話哦～
火大
拜託，經理真正中意的人是我…
對抗
哼，經理喜歡的是我…
忌妒
有啥好得意的
劍拔弩張
氣氛凝重
大家每天都過得很起勁呢…

送同事的禮物
雖然不好買
同賣場的人要個別送
其他人的就放公用置物櫃
唔~嗯

但偶爾不
擺點東西上來
人家還以為
我不常旅行、
是個很寂寞的人呢……
或者認定我是個小氣鬼……

第一次
參加婚禮
身上的行頭都是借來的

女人啊，就是這麼回事

呼ー
今天辛苦了~
嗶
喀擦
大家辛苦了ー
哦，今天辛苦妳了~
我今天已經提醒他要注意了
但他完全聽不進去
是喔
下班後大家會在置物櫃這邊聊天
喀擦
耳朵放大
而且店長今天很差勁耶
砰
妳們在聊新店長的事嗎？
對呀，妳覺得咧~？
加入話題~
最近突然有人事異動，店裡來了新店長ー
獨裁
好色
陰險
自私
這個店長個性極糟…

大家都對他很不滿
氣
氣
氣
店長太溺愛那些打工妹，我們怎麼提醒他都聽不進去
我們也覺得非常困擾
好意提醒他卻搞得我們好像是壞人—
啊，之前送舊會的事妳們知道嗎？
什麼事？
店長把他喜歡的打工妹
找去一起參加哦
什麼—
而且還幫他付參加費咧
太誇張了吧～
就是有店長撐腰，那些打工妹才會這麼跩～
他只對特定幾個打工妹好，
其他的打工妹他好像就沒興趣了
遲到也不在乎
議論
衣服也隨便亂穿～
氣憤
不平
紛紛
平常只會聽人家聊八卦的我，現在也有辦法開頭發言囉
我也慢慢成長了呢…
嘿嘿嘿

啊,已經這麼晚囉
電燈關掉了
嘩
對了~
嘩
嗯~
嘩
嘩
嘩
咦?是澤田她們耶
哦,辛苦了
今天辛苦了~
妳們在幹嘛~?
哦,在聊店長的事情啦~
我們剛才也在講這個耶
果然如此?
妳看吧~
妳覺得呢~
嘩
嘩
嘩
對了,妳們知道送舊會的事嗎~?
店長竟然用公司的經費支付他自己和打工妹的參加費耶
最新情報
什麼~

他在之前那家店好像也是這樣胡搞哦～
連回家的計程車費也跟公司報帳
怎麼這樣，我們連加班搭計程車的錢都是自己出耶
可以這樣嗎～
那是公司的錢吧？
對呀
啊，聽說店長也有找新人去吃飯，之後還一起去了哪裡呢！
瞄
有…有這回事…？
第一次聽到
沒騙妳，是那個叫小惠的新人自己說的
我…沒被邀請
這種邀約還是沒有的好啦
就算是店長約的，別人說不定還以為是妳主動約的咧
嘩
嘩
我一點也不想被邀約
也不會因為沒被約而難過
但大家幹嘛用這種憐憫的眼神看著我呀
呵呵呵…

有這種店長真傷腦筋哪
啊，大家一起吃點這個吧
那傢伙真的很自大耶
悄悄
嘩
還有啊～那些打工妹只要說想換賣場，馬上就可以調走呢～
這樣喔～
嚼
唉呀，連倉庫的捲門都拉下來了耶
已經這麼晚囉？
竟然聊了這麼久～
真的耶～
○○百貨公司
員工停車場
嘩
金原小姐？
怎麼了？這麼晚了還沒回家呀～
喔，我們還在聊天啦
店長的一些作法實在讓人無法苟同呢
唉～
啊

百貨公司開幕時就在這裡工作的元老級兼差派系頭兒
店裡兩大派系的頭兒王見王了
較晚才進公司的銷售部兼差派系頭兒
新店長的做法真令人傷腦筋哪…
是啊
天哪這兩大派系的頭兒竟然彼此靠近…
妳聽說了嗎？
關於兼差的時薪
我聽說了～
真是太不像話了～
這兩人竟然聊了起來…
平常見面只會鬥嘴的這兩人，偶爾也能像湯姆貓與傑利鼠一樣和平相處
就像警匪劇裡的大壞蛋主角，偶爾也會協助死對頭的警察辦大案子一樣
或者像哆啦A夢電影裡的大雄與胖虎，兩人同心協力、互相合作的模樣，看了實在令人感動啊…

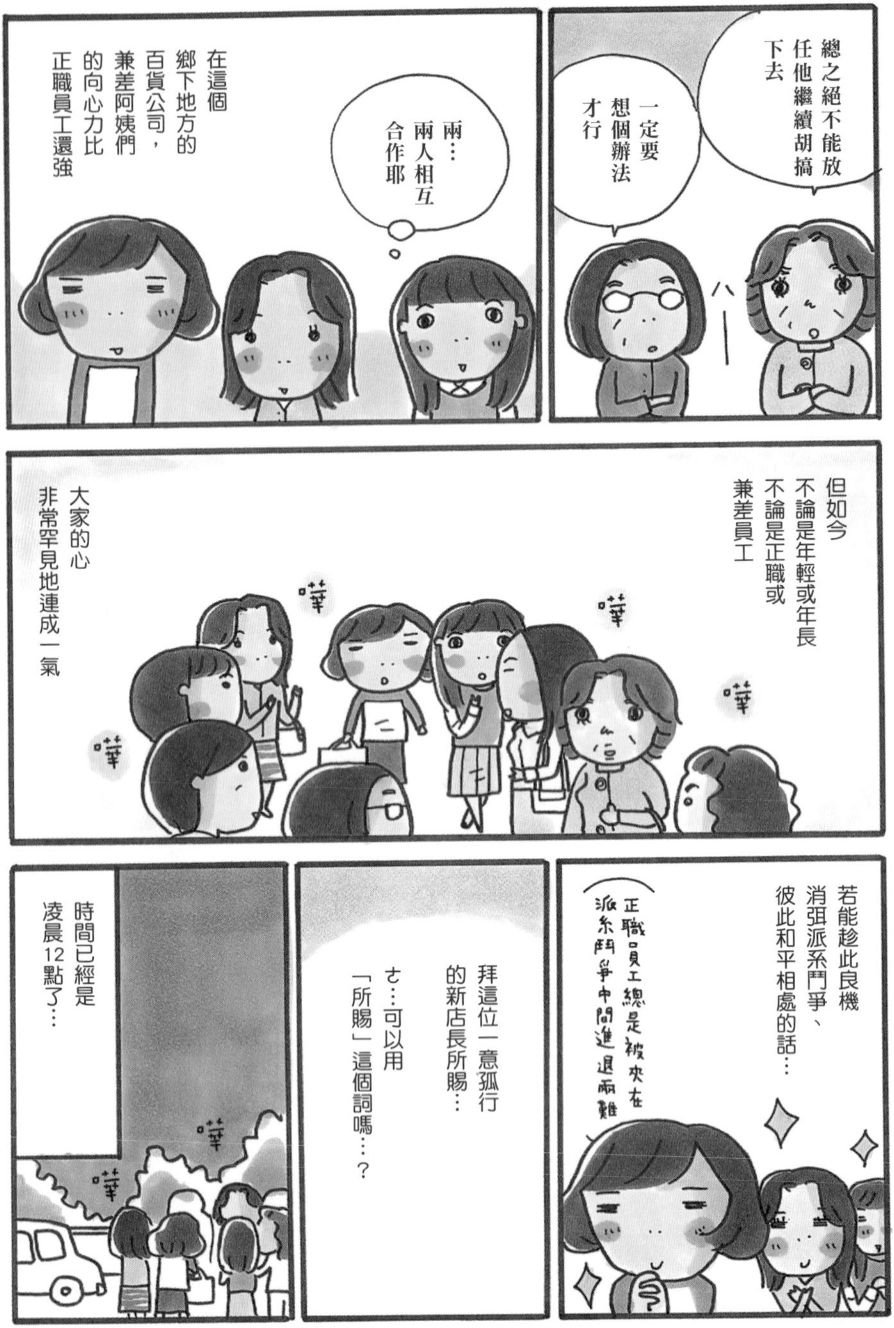
總之絕不能放任他繼續胡搞下去
一定要想個辦法才行
兩…兩人相互合作耶
在這個鄉下地方的百貨公司，兼差阿姨們的向心力比正職員工還強
但如今不論是年輕或年長不論是正職或兼差員工
嘩
嘩
嘩
嘩
大家的心非常罕見地連成一氣
若能趁此良機消弭派系鬥爭、彼此和平相處的話…
（正職員工總是被夾在派系鬥爭中間進退兩難）
拜這位一意孤行的新店長所賜…
ㄜ…可以用「所賜」這個詞嗎…？
嘩
嘩
時間已經是凌晨12點了…

於是—
無法苟同店長作法的一群人
大家聚在一起商討對策
嘩
嘩
一起對抗那群任性妄為的店長新寵兒們
就這樣衍生成
店長寵兒派與
店長眼中釘派
兩大全新派系
真是沒完沒了呀，派系鬥爭……
不屬於任何一邊的中立派
搖晃…

後記

當時，受到偶像劇的影響，對那個美麗世界充滿幻想與憧憬的我，為了能夠成為其中的一員，遠從鄉下來到了東京。只要能夠在「東京工作」，叫我做什麼都行。

被某個百貨公司錄取之後，想到自己從此便能過著偶像劇般的生活，內心便雀躍不已，卻沒想到竟會被派往某縣的分店去……。

從美夢中醒來的我終於體會到「在百貨公司這個女性社會裡想搞好人際關係，簡直比登天還難」，可惜一切已經來不及。

剛進公司時，要打入已經定型的人際關係大圈圈裡實在不容易，幸虧得到宿舍裡前輩們的幫忙，總算能夠馬馬虎虎地過日子，偶像劇的世界則變成了遙不可及的夢想……。一路走來雖然辛苦，如今回頭看看，倒也覺得挺有意思的。

最後，我要向每次當我遇到瓶頸時總能為我指引出明確方向的今尾編輯，致上我最衷心的謝意。

還有，為了這本書付出心力的所有人，我也在此向大家說聲謝謝。

陪伴著我一路走到這裡的各位，真的真的非常感謝你們。

那麼，先在此跟大家說聲：有緣再見～！

二〇〇八年九月

森下惠美子

Titan 076

女人啊，就是這麼回事
——菜鳥上班族的第❶堂課

森下惠美子◎圖文
陳怡君◎譯

出版者：大田出版有限公司
台北市10445中山區中山北路二段26巷2號2樓
E-mail：titan3@ms22.hinet.net　http：//www.titan3.com.tw
編輯部專線：（02）25621383　傳真：（02）25818761
【如果您對本書或本出版公司有任何意見，歡迎來電】
行政院新聞局版台業字第397號
法律顧問：甘龍強律師

總編輯：莊培園
主編：蔡鳳儀　副主編：蔡曉玲
校對：蘇淑惠／陳怡君
承製：知己圖書股份有限公司 電話：(04)23581803
初版：二〇一一年（民100）四月三十日　定價：220元
二刷：二〇一三年（民102）四月二十二日
總經銷：知己圖書股份有限公司　郵政劃撥：15060393
（台北公司）台北市106大安區辛亥路一段30號9F
電話：（02）23672044/23672047　傳真：（02）23635741
（台中公司）台中市407工業30路1號
電話：（04）23595819　傳真：（04）23595493
國際書碼：978-986-179-206-4　CIP：861.67/100003262

廣	告	回	信
台北郵局登記證			
台	北	廣	字
第 01764 號			

平 信

To：大田出版有限公司 編輯部收

地址：台北市 10445 中山區中山路二段 26 巷 2 號 2 樓
電話：(02) 25621383 傳真：(02) 25818761
E-mail：titan3@ms22.hinet.net

From：地址：……………………

姓名：……………………

＊請沿虛線剪下，對摺裝訂寄回，謝謝！

大田精美小禮物等著你！

只要在回函卡背面留下正確的姓名、E-mail和聯絡地址，
並寄回大田出版社，
你有機會得到大田精美的小禮物！
得獎名單每雙月10日，
將公布於大田出版「編輯病」部落格，
請密切注意！

大田編輯病部落格：http://titan3.pixnet.net/blog/

智 慧 與 美 麗 的 許 諾 之 地

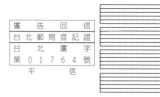

＊請沿虛線剪下，對摺裝訂寄回，謝謝！

閱讀是享樂的原貌，閱讀是隨時隨地可以展開的精神冒險。

因爲你發現了這本書，所以你閱讀了。我們相信你，肯定有許多想法、感受！

讀 者 回 函

你可能是各種年齡、各種職業、各種學校、各種收入的代表，

這些社會身分雖然不重要，但是，我們希望在下一本書中也能找到你。

名字／＿＿＿＿＿＿＿＿ 性別／□女 □男　出生／＿＿年＿＿月＿＿日

教育程度／＿＿＿＿＿＿＿＿＿＿

職業：□ 學生　□ 教師　□ 內勤職員　□ 家庭主婦

□ SOHO族　□ 企業主管　□ 服務業　□ 製造業

□ 醫藥護理　□ 軍警　□ 資訊業　□ 銷售業務

□ 其他 ＿＿＿＿＿＿＿＿

E-mail/＿＿＿＿＿＿＿＿＿＿＿＿ 電話/＿＿＿＿＿＿＿＿＿＿

聯絡地址:＿＿＿＿＿＿＿＿＿＿＿＿＿＿＿＿＿＿＿＿

你如何發現這本書的？　書名：女人啊，就是這麼回事：菜鳥上班族的第1堂課

□書店閒逛時＿＿＿＿書店 □不小心在網路書站看到（哪一家網路書店？）＿＿＿＿

□朋友的男朋友（女朋友）灑狗血推薦 □大田電子報或網站

□部落格版主推薦＿＿＿＿＿＿＿＿＿＿＿＿＿＿＿＿

□其他各種可能 ，是編輯沒想到的＿＿＿＿＿＿＿＿＿＿＿＿＿＿

你或許常常愛上新的咖啡廣告、新的偶像明星、新的衣服、新的香水……

但是，你怎麼愛上一本新書的？

□我覺得還滿便宜的啦！ □我被內容感動 □我對本書作者的作品有蒐集癖

□我最喜歡有贈品的書 □老實講「貴出版社」的整體包裝還滿合我意的 □以上皆非

□可能還有其他說法，請告訴我們你的說法

＿＿＿＿＿＿＿＿＿＿＿＿＿＿＿＿＿＿＿＿＿＿＿＿＿＿＿＿

你一定有不同凡響的閱讀嗜好，請告訴我們：

□ 哲學　□ 心理學　□ 宗教　□ 自然生態　□ 流行趨勢　□ 醫療保健

□ 財經企管　□ 史地　□ 傳記　□ 文學　□ 散文　□ 原住民

□ 小說　□ 親子叢書　□ 休閒旅遊　□ 其他＿＿＿＿＿＿＿＿＿＿

一切的對談，都希望能夠彼此了解，

非常希望你願意將任何意見告訴我們：

大田出版有限公司編輯部 感謝您！